-- Spør hvordan du kan vinne én time i tid —

Marie Karlsen har mye større problemer enn det faktum at klokken stoppet 15:57. Da hun tar med seg klokken til en vennlig reparatør, lærer hun at hun har vunnet en særegen premie, en sjanse til å gjenoppleve én time av livet sitt. Men skjebnen har strenge regler om hvordan man kan gå tilbake i tid, blant annet en advarsel om at hun ikke kan gjøre noe som ville skapt et tids-paradoks. Kan Marie få fred med den feilen hun angrer mest på i denne verden?

Hva om du kunne gjøre det om og om igjen?

"En gripende fortelling. Å gjøre om på din største beklagelse er en i en million mulighet!" —Tilbakemelding fra leser

"En veldig rørende og dramatisk historie... hvis vi hadde fått mulighet til å endre fortiden vår, ville vi gjort det?" —Tilbakemelding fra leser

"En bitende kort lesing om et tema fra norrøn mytologi. Tiden er en gave, og noen ganger, en siste sjanse..." —Dale Amidei, forfatter

URMAKEREN

(en novelle)

av
Anna Erishkigal

Norsk utgave

SERAPHIM PRESS
Cape Cod, MA

Copyright 2014, 2017 Anna Erishkigal
Alle rettigheter reservert

Opphavsrett (copyright)

"*Urmakeren: en novelle*" (Norsk utgave), oversatt fra "*The Watchmaker: A Novelette*", copyright 2014 av Anna Erishkigal. Alle rettigheter reservert. Ingen del av denne boken kan gjengis i noen form eller på elektronisk eller mekanisk måte, inkludert informasjonslagrings- og gjenfinningssystemer, uten skriftlig tillatelse fra utgiveren, unntatt av en anmelder, som kan sitere korte passeringer i en anmeldelse.

Alle tegn i denne boken er fiktive. Eventuelle likheter med enhver person, levende eller død, er rent utilsiktede.

Publisert av Seraphim Press, Cape Cod, Massachusetts, USA.

SERAPHIM PRESS

Cape Cod, MA

www.seraphim-press.com

SP utskrift utgave:
ISBN-13: 978-1-949763-40-9
ISBN-10: 1-949763-40-4

Elektronisk utgave:
eISBN-13: 9781943036271
eISBN-10: 1-943036-27-6

Oversatt av Annette Bakken.

Dekkart: Opphavsrett 2014, 2017 Anna Eriskhigal. Bestått av selvfotograferte bilder og et lagerbilde lisensiert fra 123rf.com, "*Sad Girl*", copyright: andersonrise. Alle rettigheter reservert.

Dedikasjon

Jeg dedikerer denne boken til onkel Hubert, en snill mann som viet livet sitt til å sette pris på de små, meningsfulle tingene. Vi er sikker på at himmelen er perfekt med deg der som oljer girene.

Marie Reise

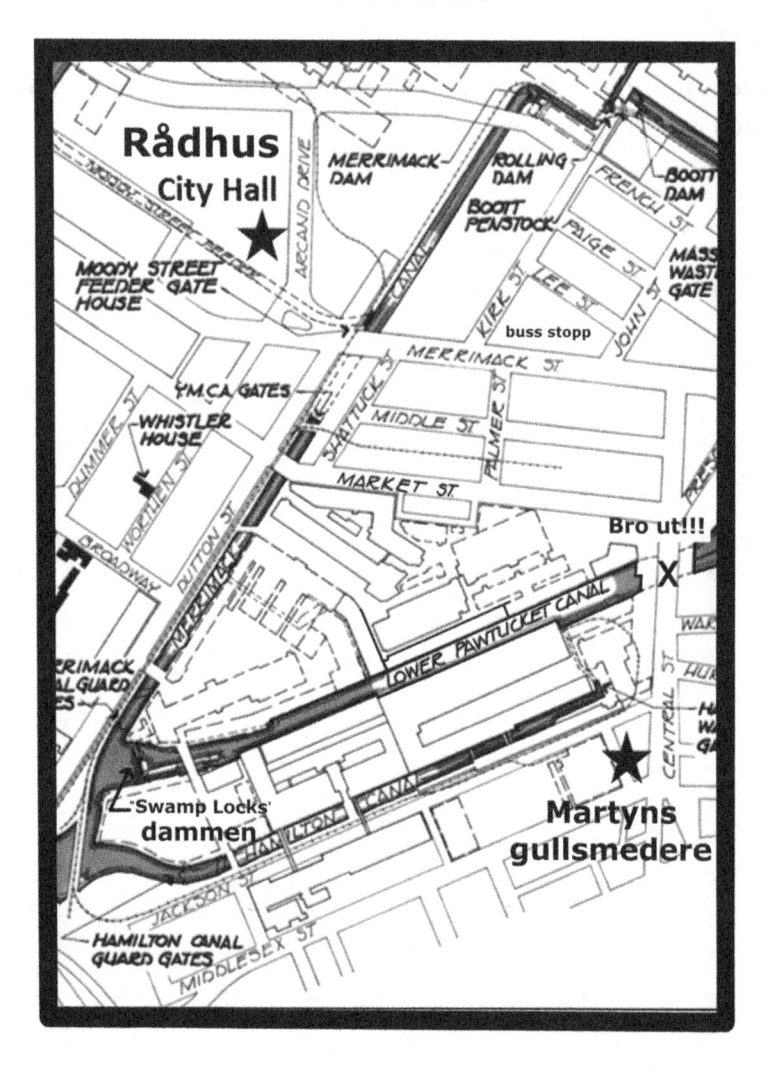

Kapittel 1

Klokken stoppet på 15:57 om ettermiddagen på Onsdag den 29. Januar. Det var som en helt vanlig dag, fylt med bekymringer om jeg ville komme meg til biblioteket på motsatt side av elva i tid for å jobbe med graden min. Det ville ikke vært noe savn eller overveldende redsel, for de to følelsene har jeg levd med hele livet mitt, bare en følelse av at jeg plutselig hadde mistet grep på tiden. Jeg må ha sett på den klokken tjue ganger før jeg hadde innsett at klokken på veggen hadde gått inn i fremtiden, men klokken på håndleddet mitt forble låst på 15:57.

Jeg stirret ut av vinduene og så bussen dunket forbi tekstilfabrikken som steg over Boarding Park. En grønn paviljong sto forlatt i et likklede av snø, delikate istapper som glinser i gitteret som tårer fra engler. Josh hadde tatt meg med dit en gang for å høre på en konsert, en av de som er gratis, da det likevel var varmt nok til å sitte ute. Jeg klemte knyttneven til brystet mitt og tvang meg til å se ut det motsatte vinduet, og lot som at jeg var interessert i City Magnet skolen, så en innskrumpet gammel vietnamesisk mann som satt over midtgangen ikke skulle tro jeg stirret på ham.

Bussen kjørte rundt hjørnet, forbi en tre etasjers rad med pensjonater som så ut som en by som nå består av forretningskontorer og kontorlokaler. Under den industrielle revolusjonen, hadde en hel generasjon av kvinner forlatt gårdene sine for å arbeide i tekstilfabrikker, på samme måte som de unge i dag reiser fra små byer for å studere ved universitetet. Da, som nå, var der jobber i de massive murbygningene som foret kanalene, bare at i disse dager produserer fabrikkene varp og veft av høyteknologi: teknologi, vitenskap og arbeidsplasser for ingeniører.

Jeg fiklet med klokken min, og påminner meg selv på at beslutningen jeg tok var fornuftig. Jeg kom til denne byen for å få et bedre liv, for å unnslippe fellen moren min hadde falt i med ekteskap som ung og for mange barn. Jeg var en student med en solid bakgrunn fra arbeids-studie. Jeg var bare tjueto. Jeg hadde hele livet kartlagt foran meg. Hvorfor da gjorde det så vondt å ha rett?

Bussen slapp meg av på Woolworth, selv om det ikke har vært noen varehus her de fire årene jeg gikk på universitetet Massachusetts-Lowell. Gatene var tett med irritable sjåfører ivrig etter å komme hjem å gjenforenes med sine familier. Bussen kjørte bort, og forlot meg stående i et snøfonn i en sentrum som allerede hadde begynt å stenge for kvelden. Det falmende sollyset skinte på en enorm grønn klokke som lå på toppen av en grønn stang, de svarte hendene viste 03:45. Tolv minutter å gå på nå, nei! Fortiden var i fortiden. Jeg snudde ryggen til og skyndte meg bort, tvistet klokken min som jeg klemte jakken til halsen min.

Veisalt knaste under støvlene mine da jeg gikk opp Central Street, nesten landet flatt på ryggen min når fortauet krysset Nedre Pawtucket kanalen. En bataljon av isflak reiste under brua, med smeltet snø over i en forræidersk glans av svart is. Jeg holdt på det malte rekkveretk, takknemlig for at byen hadde fullført den nye broen før vinteren hadde kommet. I en by preget av enveiskjørte gater, to elver og et nettverk av kanaler, måles ikke avstandene fra A til B, men hvor langt du må gå for å komme over den nærmeste broen.

Det var fem kvartaler da små bedrifter til bygningen MapQuest var merket som min destinasjon. På veien ble jeg takket mer enn en gang, men jeg holdt hodet nede, redd for at øyekontakt kunne være en invitasjon til vold. En fire-etasjes murbygning med et svart mansardtak buet grasiøst rundt hjørnet av Central og Middlesex Street i en mild, feminin bue. Jeg tok den lille, hvite boksen ut av vesken min og leste gullbokstaver som stavet 'Martyn Jewelers' i en nesten feminin script. Dette var stedet. Her. Josh hadde kjøpt klokken min her.

Som de fleste store fronter i Lowell National Historical Park, hadde bygningen blitt restaurert til en viktoriansk tidsprakt, med moderate glass omgitt av et tykt svart malt tre. På en av disse vinduene var et stort malt skilt som sa pensjonist salg. Under det var et mindre skilt, den jeg hadde håpet på, et diminutiv skilt som sa "klokker repareres".

Jeg dyttet opp døra og smøyg meg inn mens bjellene annonserte min entre. Det virket som om butikken en gang hadde vært vestibylen til etasjene over, med skadede glassmontre langs ytterveggene. Tre av montrene var tomme, mens de resterende to var pent ordnet med armbånd og smykker, alt fordelt utover for å få det til å se ut som det var mer innhold enn det egentlig var.

En høy, hvithåret mann lenet seg over disken, lyttet oppmerksomt til en dame som ivrig viftet med armene. Fra hennes rette svarte hår og aksent kunne man skjønne hun var fra Sørøst-Asia, muligens Kambodsja, eller kanskje Vietnam. Urmakeren hadde en liten monokkel festet til brillene og kikket gjennom den på hva enn damen fant interessant.

Jeg kikket på klokka mi, som de siste seks ukene, hadde gullviseren fast på klokka 15:57. Urmakeren fanget blikket mitt og indikerte med hånda si at han ville hjelpe meg så fort han ble ferdig med kunden han hjalp. Jeg gav ham et tvunget smil og viste at jeg ville vente. Mannen var rynkete, tynn og hadde på seg en hvit skjorte og slips og var nok i syttiårene, eller kanskje åttiårene? Nei. Han var nok nitti år. Urmakeren hadde en fornem, nesten tidløs kvalitet, men etter en stund gav jeg opp om å gjette alderen hans.

Jeg lente meg mot en tom monter og stirret rundt i rommet og lurte på om det var noe jeg kunne hatt råd til herifra. Nei. Hvert øre jeg hadde ble satt til side til universitetet som var min fluktplan og jeg hadde ikke penger til flotte ting som gull. Jeg vred båndet til min ødelagte klokke, min Bulova klokke i gull som sikkert kostet mer enn noen andre smykker jeg noen gang har eid. Veggen bak urmakeren hadde en utstilling av rabatterte klokker som gikk fort på 50% rabatt.

Hvor mye hadde Josh betalt for klokken min?

Nei. Det hadde ikke noe å si. Hvor mye han hadde brukt ville ikke ha endret noe jeg gjorde på den tiden. Det som betydde noe var å få den fikst nå, siden jeg ikke kunne takle å ha den sittende fast på 15:57.

Stemmen til damen fra Kambodsja ble høyere, men hun virket ikke sint. Hadde ikke aksenten hennes vært så tykk kunne jeg overhørt, men hvem er jeg til å blande meg i andres saker? Jeg lente meg tilbake på monteren og skvatt litt da jeg hørte klirrende glass advare at jeg nesten dyttet noe over ende. Til min overraskelse var det tre glassklokker på disken som jeg trodde var tomme. Foran var det en pent skrevet plakat med en feminin skrift i kursiv:

-Spør hvordan du kan vinne en time i tid. -

Inni hver glassklokke var det en vakker klokke, mer luksuriøs og utsmykket enn noe jeg har sett tidligere. Den første var et armbåndsur i sølv, eller mest sannsynlig platina, med LCD-skjerm som viste tiden, dato og år, tidssone, sekunder, i tillegg til lengde- og breddegrad. Den var hengt på et slankt stativ, på samme måte man kan vise en porselendukke på. Jeg myste og leste produsentens navn som var skrevet med en arkaisk, nesten uleselig skrift. Skuld. Aldri hørt om dem. Kanskje den var japansk?

Den andre klokken var ikke så forskjellig fra min egen, med et bånd som var gull og sølv, og en tredje farge som jeg antar var kobber. Den hadde gammeldagse visere med en serie av små tall, som den første klokken, viste dato, år, tidssone, sekunder, lengde- og breddegrad. Den hadde produsentens navn, Verðandi, trykt.

Den tredje klokken var et lommeur på et tjukt, gullkjede, den typen du kanskje ser fra 1800-tallet. Det så ut som solid gull, med et rikt utskåret etui som kunne lukkes for å beskytte glasset. Denne klokken, som de to andre, viste dato, tid, i tillegg til tidssone, sekunder, lengde- og breddegrad. Den proklamerte stolt produsentnavnet av et firma kalt Urðr.

En særegen tanke streifet meg. Var det tidssoner, lengde- og breddegrad tilbake på 1800-tallet? Det må ha vært det. Enten det eller så var det en kopi. Alle tre klokkene så ut til å være horribelt dyre, og selv om jeg ikke fant en prislapp, kunne jeg skjønne at de var plassert under klokkeglasset så ingen kunne stjele dem.

Tilslutt var endelig damen fra Kambodsja ferdig med hva enn hun var her for. Urmakeren tok henne i hånda og sa farvel. Jeg så gjennom øyevippene mine mens hun gikk forbi, late som jeg var interessert i noe annet. Mens hun hadde et reservert utrykk typisk for asiatiske kvinner, kunne jeg se på rynkene rundt øynene hennes at hun var fornøyd. Hun puttet et lite objekt av gull i vesken og nikket med annerkjennelse mens hun dyttet seg ut av døra med bjellene.

Urmakerens ansikt lyste opp til et smil.

«Og hva, unge dame, kan jeg hjelpe deg med?»

Jeg tok den ødelagte klokken av håndleddet, med en liten følelse av nakenhet når den forlot min varme hud.

«Klokken min har stoppet.»

«Trenger du nytt batteri?»

«Jeg har allerede prøvd det. Tre ganger. I tre forskjellige butikker.»

Urmakeren tok klokken fra min utstrakte hånd. Jeg måtte motstå trangen til å dra tilbake klokken og skrike at ingen har lov til å ta på klokken min. Han la den forsiktig ned på en lite grå matte og strakk seg etter en boks og tok ut et lite verktøy. Dette var fjerde gang på seks uker jeg hadde latt noen demontere klokka mi, og bare tanken på det gjorde meg kvalm.

Urmakeren tok på seg monokkelen og tittet inni klokken.

«Når stoppet den?» spurte han.

«Klokka 15:57,» sa jeg. «Onsdag, 29. januar.»

Urmakeren kikket opp mens hans blå øyne ble fylt av nysgjerrighet. Det var øynene til en mye yngre mann, kjempeforskjellig fra alderen som ble tydet av huden hans. Jeg forventet at han skulle stille meg et spørsmål, men han ventet på at jeg skulle fortelle han det jeg ville si.

«Jeg fullførte siste klasse for dagen,» fortalte jeg han, «når jeg så på klokka og innså at den hadde stoppet. Jeg prøvde å fikse den, men hver butikk sa de måtte sende den inn til reparasjon. Du er den eneste personen i denne byen som fortsatt fikser klokker selv.»

Urmakeren gransket mitt uttrykk.

«Seks uker er lang tid uten en klokke,» sa han. «Spesielt når man er avhengig av den for å være på tide for klasse. Hvorfor leverte du den ikke til dem for å få den fikset? Den ville vært tilbake etter innen en uke.»

Leppene mine skalv mens jeg gned den tomme plassen på håndleddet mitt.

«Fordi jeg kunne ikke la den gå!»

Urmakeren holdt klokka og tittet inni den. Hendene hans var overraskende stødig med tanke på alderen hans.

«Jeg kan ikke se noe galt på overflaten,» sa han. «Jeg trenger å holde den her, bare til jeg har fått tatt den fra hverandre og funnet ut hva som er galt.»

«Hvor mange dager?» Tårene begynte å presse.

Urmakerens ansikt rynket seg i sympati.

«Det er stengetid,» sa han. «Men på denne tiden av året, er min datter noen ganger sen for å hente meg. Kan ikke du ta deg en kopp kaffe så skal jeg se hva jeg kan gjøre? Det burde i hvert fall gi meg tid til å finne ut hvor mye det vil koste å fikse den.»

Jeg nikket takknemlig.

«Jeg, eh, håpet det fortsatt var garanti på den?»

«Det kommer an på,» sa han. «Hvor kjøpte du den?»

«Min kjær- ehm. En venn kjøpte den her.»

Jeg tok frem en liten, hvit boks med utsmykkede bokstaver på, som var det samme på navnet på butikken. Urmakerens ansikt endret seg til et sympatisk smil.

«Den er grei,» sa han. «Jeg skal identifisere problemet gratis. Hva heter vennen din?»

«Josh. Josh Padilla.»

Urmakeren hinket over til en merkelig liten hylle i hjørnet av rommet, og for første gang la jeg merke til at han lente seg veldig på en trestokk. Han rotet gjennom en rekke tre skuffer.

«Var det Joshua?» spurte han.

«Josue,» sa jeg. «J-o-s-u-e. Det er, eh, fremmed stavelse.» Jeg senket stemmen min på de siste ordene. I mine ører, hørtes det støtende ut.

Urmakeren tok frem et lite gult kort.

«Her er den,» sa han. «Josue Padilla. 198 South Street i Acre delen av Lowell.»

«Ja,» visket jeg. Rosene i kinnene begynte å krype frem av skam. Visste han?

Visste urmakeren at det var biskopen Markhams boligprosjekt?

Urmakeren hinket tilbake og plasserte et gult kort foran meg. Ved siden av det puttet han en liten konvolutt, en som akkurat er stor nok til å holde en klokke. Han begynte å fylle ut et helt nytt kundekort med en fet, blå penn og han var overraskende stødig gitt sin alder.

«Hva er navnet ditt unge dame?»

Han ventet på svaret mitt, men han skrev *'Marie Karlsen'*

«Det er meg,» visket jeg. Hvor mye visste han?

«Adresse?»

Jeg ga han adressen til studenthybelen min.

Urmakeren noterte ned noen flere notater. Mens han gjorde det, snik tittet jeg på det gule kortet med Josh sin informasjon. 3890kr hadde han betalt for Bulova klokken min, med 500kr igjen å betale, og resten betales med 200kr ukentlig. Han kjøpte klokken dagen etter at han sa han elsket meg, og den siste datoen på kortet var dagen han tok meg med ut og spurte om vi kunne være eksklusive.

Jeg snudde meg vekk, kunne ikke se på den mer.

«Vi stenger klokken fem, men jeg kommer mest sannsynlig til å være her til 17:30,» sa urmakeren. «Kom innom før det, eller kom tilbake i morgen. I det minste skal jeg kunne si hva som er galt.»

Han rev ut hentebilletten.

Jeg nikket takknemlig.

«Hvis du ikke kan fikse den i dag, hadde det vært greit om jeg hentet den og tok den med tilbake når du har delene?»

Urmakeren studerte utrykket mitt.

«Den kinesiske restauranten over gaten har en god wonton suppe,» sa han. Bare 22kr for suppen og et stykke brød. Det vil gi deg et komfortabelt sted så du slipper å vente i kulden.»

Var jeg virkelig så lett å lese? Ja, jeg antar at jeg var.

«Tusen takk,» visket jeg.

Urmakeren puttet det gule kortet til Josh tilbake i skuffen. Han stanset, før han dro ut et annet kort.

«Jeg husker denne unge mannen,» sa han. «Litt over et år siden skrev han til meg og spurte om jeg kunne sette til side et produkt. Hver uke sendte han betalingen, men han kom aldri og hentet den.»

En følelse lik det som å bli droppet ut av et fly fikk rommet til å føles langt unna.

«Når skulle han hente den?» spurte jeg.

«Den siste betalingen var 1. mars i fjor, nesten for et år siden i dag.»

Magen min knep seg sammen selv om jeg ikke hadde spist på flere uker. Det var dagen jeg slo opp med han. Dagen jeg nektet å se han. Dagen jeg sendte han en melding og sa jeg ikke ville være bundet til en mann som ikke var her for å elske meg.

«La meg se om jeg kan finne hvor jeg puttet den,» sa han. «Det var bare 200kr igjen, så jeg la den ikke tilbake i beholdningen.»

'Nei!' Ville jeg rope. *'Jeg vil ikke se den!'* Men jeg sa det ikke, siden jeg ville ha min mistenksomhet bekreftet.

Urmakeren hinket til bakrommet. Gjennom en firkantet utskjær i veggen kunne jeg se han lete gjennom beholdere fylt med hver klokke-del du kan forestille deg. Mens han skrudde kombinasjonen til safen, motstod jeg trangen til å storme ut av døra og løpe vekk.

Han hinket tilbake og plasserte en lite, sort boks på matten.

«Han snakket høyt om deg,» sa han. «Hver uke når han sendte betalingen, skrev han et hyggelig brev, fortalte meg alt om deg.»

«Har du fortsatt de brevene?» Tårene begynte å presse seg framme i øynene mine.

«Et eller annet sted-» han pekte mot bakrommet. «Som du kan se så liker jeg å ta vare på ting. Du vet aldri når det du kaster plutselig blir viktig.»

Jeg løftet opp boksen, skjelvende som en fløyel. Som klokkeboksen min hadde den Martyn's Jewelers gravert i lokket. Jeg åpnet den bestemt på å få vite sannheten.

Jeg gispet da jeg så den, ingen forlovelsesring, men ett par matchende gullbryllupsringer. Jeg holdt dem opp og studerte innsiden. En liten, kursiv skrift med navnene våre urmakeren hadde inngravert.

Med et snufs lukket jeg boksen og puttet den tilbake på disken.

«Hva skjedde med den mannen?» spurte urmakeren. «Det virket som han var bestemt på å gi deg det beste.»

Brystet mitt grøsset da jeg med en kvalt følelse fortalte den grusomme sannheten.

«Han døde,» visket jeg. «Seks uker siden i Afghanistan.»

Kapittel 2

Josue Padilla døde i Afghanistan klokken 15:57, standard øst tid. Han døde i et bakholdsangrep på en fjellvei i Paktika provinsen, siden han var frontmannen, siden Josh alltid satt andres sikkerhet først. Han hadde allerede vært reserve for militæret når vi møttes etter at ROTC kjørte en rekruteringsdemonstrasjon på universitetet, men han var ikke i aktiv tjeneste før vi allerede hadde vært sammen i ett år, etter at han hadde sagt at han elsket meg, etter at han kjøpte klokken til meg.

Ingen fortalte meg at Josh var død, at han døde som en helt. I tre lange uker stirret jeg på min ødelagte klokke, klarte ikke finne ut hvorfor den ikke virket, men klarte ikke bære tanken på å ta den av håndleddet mitt. Hvis jeg ikke hadde møtt på søsteren hans på Cote's marked dagen de solgte hjemmelaget brød og bønner, vet jeg ikke om noen hadde fortalt meg det i det hele tatt.

Hvorfor ville de? Når jeg dumpet han kvelden før han ble sendt til Afghanistan og fortalte at jeg ikke ville vente på en mann som kanskje endte opp død?

Hadde Josh levd, ville jeg vært på Logan flyplass denne morgenen når resten av teamet hans kom hjem. I stedet ble jeg utstøtt når familien hans fløy til Washington for å motta en sølvstjerne og begravde han i Arlington kirkegård ved siden av de andre generalene og heltene.

Jeg innså ikke at jeg gråt før urmakeren satte en boks med lommetørklær ved siden av boksen med ringene.

«Jeg skjønte noe hadde skjedd,» sa han. «Hvorfor skulle han betale for disse og aldri hente dem?»

Jeg hadde ikke motet til å fortelle at Josh aldri hentet den fordi han bare fikk 24 timer før han måtte dra, og han brukte den tiden til å lete etter *meg* etter at han fikk meldingen om at jeg aldri ville se han igjen. Han visste ikke at jeg gjemte meg i nabostudenthybelen, omringet av mine venninner, og gråt mens Josh hamret på døra mi og ropte navnet mitt. Stemmen hans sprakk til tårer.

Jeg tok et lommetørkle og snøt nesa mi.

«Kan du fikse den?» Jeg pekte på klokken. «Kan du fikse hva jeg gjorde for å ødelegge den?»

Urmakeren tok ned monokkelen og tittet inni den døde klokken.

«Folk ser på tid som en ugjenkallelig kraft, men å holde tiden er en delikat, komplisert ting. «Han puttet klokken tilbake i konvolutten og møtte mitt tomme blikk. «Kom tilbake om en time. Jeg skal se om jeg kan finne en diagnose på problemet.»

Jeg snudde meg for å gå og urmakeren tok hånden min. Uten et ord, puttet han boksen med ringene i den, boksen Josh aldri hentet fordi -jeg- hadde bestemt meg for å knuse hjerte hans.

«Han hadde villet at du skulle ha den,» sa han.

Jeg ville si *'jeg er ikke verdt denne gaven,'* men i stedet fortalte jeg neste tilgjengelige sannhet.

«Jeg er blakk,» sa jeg. «Jeg brukte de siste ørene jeg hadde for å komme meg hit.»

«Så vidt jeg vet betalte Josh for denne når han ga sitt liv til å beskytte landet vårt,» sa han. «Det er bare 200kr. Hvis han var her i dag, hadde han fått rabatt, siden jeg stenger butikken min for å bruke min siste tid med familien min.»

Urmakeren hadde et bestemt blikk som minnet meg litt om Josh, blikket alle soldater har, og jeg lurte på om ikke urmakeren var en veteran.

«Ok,» visket jeg. Jeg tok boksen og putten den i veska.

Jeg snudde meg for å gå og de tre glassklokkene fanget blikket mitt. En hvit stor plakat, større enn det første skiltet, hadde unngått min oppmerksomhet teipet til disken. I store bokstaver stod det:

-Spør hvordan du kan vinne en time i tid.-

Jeg snudde meg for å gå, uten å bry meg om det dumme lotteriet, men når jeg kom til døra, hang det et skilt til hvor det stod:

-Spør hvordan du kan vinne en time i tid.-
Jeg snudde meg og gikk tilbake til urmakeren.
«Hvordan kan jeg vinne en time i tid?» spurte jeg.
Hans hvite øyenbryn hevet seg av overraskelse.
«Åh, så du kan se dem?»
Pannen min rynket seg i forvirring.
«Selvfølgelig kan jeg se dem,» sa jeg. «Det er tre klokker som står på disken.»
Urmakeren nikket, utrykket hans dystret. Han kom seg frem gjennom labyrinten av tomme glasshyller og pauset når han kom til de tre glassklokkene.
«Hva ville du gjort-» uttrykket han ble mystisk «-hvis du kunne reise til hvilken
som helst tid, bare for en time, for å gi et åpent sinn en beskjed.»
«Jeg ville reist til Afghanistan og sagt til Josh at han ikke skulle ta fjellveien i
Paktika.»
Urmakeren løftet glassklokken med den eldste klokken i, lommeuret i gull med navnet Urðr. Han holdt den opp og tittet på den gjennom monokkelen sin.
«Klokken 15:57, var det allerede for sent å redde din elskede.»
Jeg snufset, for jeg visste det var sant. Josh var død sekundet de gikk på fjellveien.
«Da ville jeg gått tilbake til rett før de gikk opp på fjellet,» sa jeg, «og sagt de skulle ta en annen vei.»
«Å bevege seg gjennom tid er ikke det samme som å bevege seg gjennom rommet,» sa han. «Hvordan skal du komme deg dit? Og hvis du gjør det, hvordan skal du unngå å bli drept selv?»
Sinne bygde seg opp i magen min.
«Nå er du ondskapsfull!»
Urmakeren hadde et uttrykk av full tålmodighet.
«Du spurte meg hvordan du kunne vinne en time i tid», sa han. «Hvis du får den timen, hvordan kan jeg være sikker på at du ikke kaster den bort?»
«Jeg trodde vi snakket om å vinne en av disse klokkene?»
Urmakeren pekte på skiltet.

URMAKEREN

«Skiltet sier du kan vinne en time i tid, ikke en klokke, og jeg kan si deg med sikkerhet at disse klokkene ikke er til salgs.»

«Så du bestemmer hvem som vinner?» spurte jeg. «Det er ikke et nummer ut av hatten liksom?»

«Hvis du kan se klokkene, betyr det at du allerede har vunnet,» sa han. «De bestemmer hvem de vil hjelpe. Jeg er bare klokkepasseren deres.»

«De?»

«Nornene.»

Det urmakeren snakket om var for fantasifullt til å tro, men tanken på at Josh sin klokke stoppet nøyaktig samtidig som han døde, gjorde at realiteten min ble svekket. Jeg var desperat og urmakeren holdt ute håpet.

«Hvordan kan jeg da være sikker på at Josh ikke ender opp død?»

Øynene til urmakeren ble triste.

«Besittelse av en av disse klokkene betyr ikke at du kan endre et utfall. Mesteparten av tiden, uansett hvor hardt du prøver, kan du ikke endre skjebnen, for et øyeblikk kan du kontrollere din egen skjebne, men du kan ikke kontrollere resultatet.»

«Da skal jeg gå tilbake å fortelle meg selv til å fortelle Josh at han ikke skal ta fjellveien.»

«Du kan, dessverre, ikke under noen omstendigheter møte deg selv,» sa han. «For hvis du gjør det, vil det skape et paradoks og klokken vil ta deg tilbake til nåtiden med en gang. Du skal heller ikke forvente noen store endringer i utfallet. Desto mer du har å fikle med, desto større sjanse er det for at du vil gjøre ting verre og mislykkes.»

Frustrasjonen, sammen med uvirkeligheten, fikk stemmen min til å vokse av irritasjon.

«Hvor kan jeg gå da?»

«Det er din fortid,» sa urmakeren. «Det er opp til deg hvor du går. Alt jeg kan gjøre er å la deg bruke denne klokken i en time.»

Han ga meg det store lommeuret i gull kalt Urðr. Jeg sporet den forseggjorte nordiske knuten som var viklet rundt lokket som en krans, men tre små kvinner fordelt rundt som eiker i et hjul, en av dem spant, en av dem vinket, og den tredje holdt en kniv. Den føltes varm, som om den nettopp kom ut av en lomme, og den tok opp hele hånden min.

«Uansett hvor du går, må du starte, og slutte, reisen din i denne butikken. Ikke la ditt fortids-jeg se deg, og ikke gjør noe som kan få ditt fortids-jeg i trøbbel. Hvis du skaper et paradoks, kan du ble borte i tid, og det er ikke et hyggelig sted å være.»

Jeg undersøkte knottene, prøvde å finne ut hvilken knott som gjorde hva. Urmakeren pekte med lange, stødige fingre på hver av de halvt dusin knottene.

«Denne kontrollerer timer og minutter,» sa han, «og denne setter du dato og år med.»

«Hva med tidssone, bredde- og lengdegrad?» spurte jeg.

«Klokken vil ikke tillate å bli tilbakestilt noe annet sted enn her.» Han foldet hånden min. «Det er nesten umulig å gjøre om noe som førte til døden. Men noen ganger, hvis du er oppriktig, kan du fortelle noen at du elsker dem. Du kan si farvel til dem.»

Øynene hans glitret, som om dette var noe han hadde førstehånds erfaring med.

Jeg tenkte forsiktig mens jeg stirret på klokken. Og så tilbakestilte jeg den. Tikkingen ble høyere, som om klokken ville at jeg skulle være oppmerksom på at hvert sekund var dyrebart; at hvert sekund var ett sekund mindre jeg hadde til å tilbakestille fortiden.

Tikk. Tikk. Tikk.

Jeg trykket på hovedknotten.

Kapittel 3

I et øyeblikk følte jeg meg ustø, men alt føltes akkurat som før. Urmakeren sto nå bak disken, og på et tidspunkt hadde et ungt mørkhudet par kommet inn, fra Jamaica eller Haiti, ut i fra hans dreadlocks og fargerike rasta hatt. Jeg stirret på lommeuret, skuffet over at det ikke virket, men når jeg snudde meg for å putte den tilbake under glassklokken, hadde de tre glassklokkene forsvunnet. På plassen deres, var glassmontrene fylt med anheng, den typen du samler for å ha på armbåndet.

Urmakeren så opp og smilte.

«Jeg skal hjelpe deg, unge dame,» sa han, «så fort jeg har hjulpet dette paret med å finne en forlovelsesring.»

Han kikket gjennom monokkelen og forklarte paret om det viktigste når man skal velge en diamant: farge, utskjæring og klarhet. Kvinnen ville ha den største ringen, men han overtalte henne til å velge en litt mindre, men feilfri diamant for å symbolisere deres kjærlighet. Mannen fra Jamaica så lettet ut siden mindre størrelse betød mindre pris.

«Lommeuret kjentes varmt ut, som om den hadde ligget i sola. Faktisk, hele butikken føltes lysere og jeg kneppet opp knappene på vinterjakka. Jeg så ut av vinduet og haka mi droppet ned av overraskelse.

«Det virket.» Jeg tittet over på urmakeren, men han var fortsatt opptatt med å hjelpe kundene. Jeg holdt opp klokken.

«Jeg kommer tilbake om en time,» sa jeg. «Akkurat som avtalt.»

Jeg tittet på lommeuret. Syv minutter hadde jeg kastet bort i butikken. Jeg stormet ut av butikken, ivrig etter å se om tidsendringene var sanne. Det var fortsatt mars, men ikke så kaldt, fylt av snø som hersket som en løve og dumpet mengder med snø på bakken, forsinket Josh sitt overlevelses team til å fly, men en snillere mars, den typen vær vi hadde for flere år siden. Det var ikke lenger skumring, men tidligere på dagen, for sola hadde snudd og skinte nå fra sørøst, stedet den stod rund klokken elleve hver dag.

Tjue minutter tok det meg å komme hit. Fem by kvartaler tilbake til Merrimack gate, og så seks nye kvartaler for å komme meg til avskjedsseremonien på Rådhusplassen. Førti minutter. Tretti hvis jeg var rask. Ja, jeg kunne klare det. Alt jeg trengte var å komme meg dit før Josh gikk på bussen.

Skitne snøhauger lusket i skyggene, men overalt ellers hadde en lys, gul sol smeltet isen og gjort fortauene bare. Svetten begynte å piple på pannen min mens jeg skyndte meg, full av håp, og jeg husket at denne dagen hadde det vært rundt 13 grader.

Som vanlig ble hovedgaten fylt med stillestående trafikk, men det var ikke før jeg så det oransje skiltet at jeg endelig ble overbevist om at dette var ett år siden fra i dag.

-Omvei. Broen er stengt. Ta Warren Street til Kirkegata broen.-

«Nei!»

Jeg skyndte meg forbi barrikadene. Under rekonstruksjonen av broen, hadde veien vært åpen, først for den ene retningen, og så for den andre retningen, også videre. Selv under den verste tiden av rekonstruksjonen, hadde broen vært åpen for gangtrafikk, for i en by av kanaler, insisterte næringslivet på at kundene skulle kunne komme seg til butikkene fra busstoppet. Men i en forferdelig siste uke, nei dette året, ble hele sentrumsområdet holdt som gissel av et skjærebrennede, sveisende mannskap.

«Broen er stengt, frøken,» sa en politimann, skjorteermene hans var brettet opp på grunn av det varme været. «Du må krysse over enten ved Kirkegata, eller Dutton Brugate.

«Vær så snill, Sir! Jeg må komme meg over!»

«Det er ingen vei over,» sa politimannen. «Som du ser, måtte de fjerne grunnen.»

Kanalene i Lowell er cirka ti meter bred, omringet av rette granittvegger. Josh pleide å fortelle meg hvordan, når han fortsatt var elev på Lowell Videregående skole, hver vår pleide elevene å våge hverandre til å hoppe i kanalen som splittet skolegården i to og svømme til den andre siden, en handling som ga dem umiddelbar gjensitting. Josh pleide å være som det, ikke redd for å ta en utfordring.

På sommeren ble kanalene treige, små vannmasser, perfekt til piknik og sightseeing i den pittoreske turbåten som Nasjonal Park Service kjørte. Men tidlig på våren, var kanalene ville, farlige ting, med store isflak som fløyt aggressivt av det stingende vannet i Merrimack elven.

Jeg smøg meg opp til kjettinggjerde mannskapet til konstruksjonen hadde satt opp langs veien så desperate mennesker (som meg) ikke ville finne på noe så dumt som å gå over det utsatte underlaget på broen. Jeg trengte ikke spørre, for jeg visste allerede historien; i en uke hadde hele broen vært stengt fordi de hadde oppdaget at grunnlaget var blitt ødelagt.

Turte jeg å smyge meg forbi gjerdene og løpe forbi de brautende mennene iført vernehjelm som danset over byggingen som aper på en høy line? Turte jeg å gå over de utsatte stålbjelkene som bøyde seg nedover i vannet som hadde steget så mye at du kunne lene deg ned å ta på isflakene som kjørte til deres undergang i vannhjulenes understrømmer?

Tikkingen til lommeuret ble sterkere, og i tikkingen kunne jeg nesten høre urmakerens ord.

«*Hvordan skal du komme deg dit? Og hvis du gjør det, hvordan skal unngå å bli drept selv?*»

Nei. Jeg var ikke så modig.

«Frøken,» en hånd tok meg på skulderen. «Du kan ikke stå her.»

Jeg hoppet, skremt, og stirret på en bygningsarbeider. Han var stor, brautende, hadde olivenhud og mørkt hår som Josh hadde, men i stedet for å skremme meg, ga han meg trøst av en eller annen grunn. Jeg ville innrømme nederlag, men jeg hadde latt frykten ta over en gang tidligere, og selv om jeg ikke kunne endre utfallet, så ville jeg i hvert fall si farvel.

«Kan du fortelle meg den raskeste veien til Rådhusplassen?» spurte jeg. «Vær så snill, det haster.»

Bygningsarbeideren pekte opp den veien jeg kom fra.

«Gå opp hovedgata til Jackson gate,» sa han, «og sving høyre in på Kanalgata, rett etter Appelton Mill. kryss over broen som går over Hamilton kanalen. Du kommer så til en hvit murbygning som ser ut som en blindvei, men hvis du går rundt den, fortsetter Kanalgata til en bro til som går over Nedre Pawtucket Kanalen. Den er i grusom stand, men hvis du er forsiktig, kan du krysse over den. Kryss over den åpne plassen til fortsettelsen til Broadway, og den vil ta deg til Dutton gate.»

«Tusen takk,» sa jeg, tårene presset seg frem.

«Bare vær forsiktig når du går over slusa,» sa bygningsarbeideren. «Veien har vært forlatt, og det er nå masse knuste glass og rusk. Jeg ville aldri tatt den snarveien på kvelden, men på dagtid, burde det gå fint.»

Jeg tittet på klokken. Seksten minutter hadde jeg kastet bort, pluss de syv minuttene i butikken. Tjuetre dyrebare minutter sløst bort av min time. Jeg hadde bare trettisyv minutter igjen til å finne Josh og fortelle at han ikke skulle ta fjellveien, og tre ganger avstanden jeg hadde planlagt.

Jeg snudde meg rundt, og gikk veien jeg kom fra.

Kapittel 4

Det er en uforanderlig lov av menneskets natur, at uansett hvor slem du er, vil du peke fingeren på noen som er verre enn deg selv og si, *'se... jeg er ikke så slem.'* Hvis du er videreutviklet, vil føle medfølelse med de som er mindre heldige, men hvis du er det motsatte, vil du se etter noen å latterliggjøre. I min familie, var vi sistnevnte.

«*Spis ertene dine, det er fattige mennesker i Afrika som sulter,*» likte moren min å si. men når det kom til å gi mat til de mindre heldige, ville min far skrike «*fortell den late bomsen at han må skaffe seg en jobb*» for så å lange ut om hvordan 'de menneskene' snyltet på skattepengene hans.

Meg? Jeg holdt munnen min lukket. Selv om jeg ikke var enig.

Når jeg møtte Josh, ble alle fordommene satt på hodet...

Josh gikk på universitetet i Massachusettes på et ROTC stipend, med en forståelse om at når han ble uteksaminert, skulle han tjene seks år i militæret. Oppdratt av en enslig mor i biskopen Markhams husprosjekt, var familien hans alt det min far hatet: trygdemottakere, lav inntekt, men verst av alt, Josh var født i et annet land. Jeg tror det er grunnen til at jeg holdt forholdet vårt hemmelig. Jeg vet at familien min ville hindre meg fra å se han, og når de gjorde det, ville jeg ikke vært sterk nok til å be dem om å dra dit peppern gror.

Jeg skyndte meg ned Jackson gate, en lang, kløft av murstein mellom de røde mursteins fabrikker som lager veien til et skyggeshow på dagtid. Noen hadde blitt gjort om til leiligheter, men på grunn av høy ledighet, siden det er langt flere møller i denne byen enn firmaer som kan ansette folk. Familier fra Kambodsja, Loas og Vietnam fylte dem, i tillegg til familier fra Latin-Amerika, Jamaica og Haiti. Dette er ikke boligprosjekter, de er faktisk annonsert som 'luksus leiligheter,' men når jeg påpekte det til min far, sa han overlegent at det kunne likså godt vært det.

Meg? Jeg syntes de var mer pene. Det er noe ved røde mursteinsvegger som gir en følelse av trygghet og sikkerhet.

Kanalgatebroen var liten og var nylig ombygd, vedlikeholdt av et selskap som tok opp deler av møllen bak. Den krysset over Hamilton kanalen, som er en rolig, blindkanal av det større kanalsystemet som ikke lenger får Appelton tannhjul til å spinne. Jeg skyndte meg over broen og gjennom parkeringsplassen. Som bygningsarbeideren hadde lovet, i enden av Kanalgata var det en stor, hvit bygning, og til venstre var det en lite lovende vei med skilt 'ingen gjennomgang'.

Jeg stirret på en umåket brøytekant og det isete teppet av snø bak. Hvis det ikke hadde vært for at fotsporene, som for lenge siden ble til is, hadde jeg ikke trodd det var en vei her i det hele tatt. Jeg skyndte meg forbi 'ingen gjennomgang' skiltet, med håp om at ingen ville stoppe meg.

«Unnskyld meg, unge dame!»

Jeg så meg bakover og så en mann iført en blå uniform som skyndte seg mot meg, den type en vaktmester eller en sikkerhetsvakt kanskje bruker. Jeg gikk raskere, bestemt på å komme meg over broen.

«Unnskyld meg, unge dame! Dette er en privat eiendom.»

Jeg skled på snøen og falt nesten, men jeg kom meg opp igjen og konfronterte han, hjerte mitt dunket hardt, for første gang i mitt liv, motgikk jeg en autoritær person.

«Vær så snill! Jeg må krysse over.»

«Jeg kan ikke tillate deg å gå den veien,» sa han. «Det er ikke trygt. Broen er ikke vedlikeholdt.»

Lommeuret tikket høyere, minnet meg på at jeg allerede hadde sløst mye av timen min. Hvis jeg gjorde som jeg ble fortalt, kunne jeg miste bussen til Josh. Jeg begynte å løpe, bestemt på at, denne gangen, skulle ingenting stoppe meg fra å se han dra.

Sikkerhetsmannen ropte etter meg, men heldigvis, løp han ikke etter meg. En betongsperre strakk seg over den forfalne veien, men det var en mindre hindring, og ut i fra graffitien, var ikke jeg den eneste som gikk her ofte. Jeg gikk over betongsperren, takknemlig for at her, i hvert fall, hadde sola skint nok til at det var bart på veien.

Fortauet ble mer ujevn, også ble den ødelagt, men som bygningsarbeideren lovet, var det en dårlig vedlikeholdt bro som strakk seg over Nedre Pawtucket Kanalen. Til min venstre skilte den lille fossen fra slusa, Pawtucket Kanalen inn i tre separate veier, mens lenger ned i strømmen kunne jeg se Kanalgatebroen under ombygning og i biter. I tre år hadde jeg bodd i denne byen og ikke visst om denne snarveien. Hadde det ikke vært så mye knuste glass, hadde fossen vært veldig pen.

Hjerte mitt dunket fortere når jeg innså at jeg ikke var alene.

«Hei, *chica!*» kalte fem unge gutter meg, alle hadde på seg fargerike sportsjakker som signaliserte at de var tilknyttet en gjeng. «Skal du bli med på festen?»

Det virket som de var ungdommer, kanskje skulkere, men den eldste hadde ett tøft, sultent blikk mens han stirret på skrittet mitt og slikket leppene sine. Han var ingen ungdom! Jeg bøyde hodet mitt nedover, bestemt på å ikke se på hva som skjedde ved siden av broen.

«Awww... ikke vær sånn a, chica!» en av de yngre gutta bevegde seg mot meg. «Vi prøver bare å være hyggelige.»

Enten kunne jeg gå tilbake til sikkerheten hos sikkerhetsmannen, eller pløye meg vei frem, hvor Josh ventet på meg ved Rådhusplassen. Jeg skyndte meg forbi dem, holdt hodet mitt nede. De slang ord etter meg og kalte meg *'bonita'*, men heldigvis fulgte de ikke etter meg. Jeg hørte de lo og snakket på spansk om hvor fint det hadde vært å finne seg en *'chica blanca'* mens jeg skyndte meg av gårde.

Veien fremover var grov og det var strødd søppel, knuste glass, skitne bleier og ugress som vokste opp gjennom det oppsmuldrede fortauet, men heldigvis var det ingen flere menneskelige hindringer. Denne snarveien hadde spart meg tid, og tid var det jeg desperat trengte.

Jeg kikket på kartet jeg hadde printet ut tidligere for å finne gullsmeden. Denne snarveien var ikke vist på kartet, men jeg kunne se hvor parkeringsplassen foran meg sluttet seg til Dutton gate. Hjerte mitt dunket fortere. Omveien hadde tatt meg langt vekk fra veien min. Selv om jeg skyndte meg, hadde jeg kanskje ikke rukket det før tiden gikk ut.

Jeg begynte å jogge.

Kapittel 5

De sier Jack Kerouac vokste opp i denne byen, gikk på Lowell Videregående Skole, og fikk tildelt en pris for sin eksamen fra Universitetet i Massachusetts i Lowell etter sin død. Josh hadde sett opp til Kerouac som en sønn av innvandrere, og mens Josh på ingen måte var en litteraturforsker, leste han ofte utdrag fra 'On the Road' til meg. Josh registrerte seg til ROTC fordi han hadde et ønske om å se verden, og med familien sine magre resurser, var det eneste måte det kunne skje ved at han ble med i militæret.

Jeg hadde blokkert den delen ute av sinnet mitt når vi datet: hans patriotiske rekke, de lange øktene med fysisk trening han gikk til hver dag, og måten han så opp til sine to eldre fettere som nettopp hadde kommet tilbake fra en tjenestetur i Irak. Det var alt for lett å dagdrømme om å se verden mens man ignorerte realiteten om å gjøre det, Josh hadde signert bort seks år av sitt liv til militæret. Selv om jeg hadde kjent han når han signerte på den prikkete linjen, tviler jeg på at jeg kunne ha frarådet han til det. Og uansett, det var en del av han jeg likte best. Hvor beskyttende han var. Hvor modig -jeg- følte meg når jeg var med han.

Med Josh, hadde jeg sneket meg frem fra mine bøker, til jeg litt etter litt, hadde gradvis lært meg å ikke gjemme meg.

Nasjonalparken hadde bygd en nydelig gangvei av murstein som gikk langs Merrimack kanalen, mens på motsatt side gikk Lowell Scenic togskinner. Jeg hadde gått her en gang tidligere med Josh når han tok meg med til Jack Kerouac utstillingen på besøkssenteret. Han hintet til at han ville reise med meg. Jeg sa jeg fortsatt hadde år igjen av studiene, og han lo og ba meg om å ikke bekymre meg om det, at han ville ta sin tjenestetur med en gang sånn at han ville være ferdig med tjenestetiden sin tidsnok til å se meg bli uteksaminert.

Jeg visste at et frieri kom til å komme før han dro til grunnleggende opplæring. Ikke bare hadde han hintet til det før militæret aktiverte den 182 infanteriet, men hintene hans hadde blitt mindre og mindre utydelig siden han hadde skrevet til meg hver eneste dag. I brevene oppdaget jeg en mer trengende, sårbar Josh, og det var en side av han som skremte meg, siden jeg alltid stolte på at Josh ville være sterk for meg.

Jeg ble kortpustet, smertefullt å gispe mens jeg gikk fort rundt feilplasserte murstein og prøvde å ikke snuble. Tvers over gata var det en nedslitt bygning fylt med bedrifter som bærer særegne, etnisk-klingende navn. Denne kanalen delte pent den siden av byen som Nasjonalparken hadde renset fra den andre siden hvor *'de menneskene'* bodde, de som bodde i boligprosjektene som strakte seg helt til Merrimack elven. Jeg løp forbi flere ungdommer som gikk med fargene til en beryktet asiatisk gjeng. Jeg løp fortere, med ønske om å ikke bli tatt selv om, i fullt dagslys, var det usannsynlig at de ville det.

Klokken tikket høyere, minnet meg på at jeg bare hadde elleve minutter igjen. Førtini minutter hadde jeg kastet bort! Førtini dyrebare minutter jeg kunne brukt på å fortelle Josh at jeg var lei meg og gitt mannen jeg elsker et farvel! Jeg grep midjen og prøvde å fjerne tanken på at jeg hadde hold, samme smerte jeg brukte som unnskyldning for å ikke måtte løpe med Josh når han inviterte meg til å bli med han å trene.

Gud, han var en vakker mann! Høy, muskuløs, med mørkt hår og enda mørkere øyne, olivenfarget hud og et smil som lyste opp rommet som en sol. Det var det smilet som først fikk min oppmerksomhet når jeg gjemte meg bak i ROTC demonstrasjonen, nysgjerrig på å se hvorfor menn i uniformer hadde tatt over skolegården. Når jeg skulle gå, snublet jeg og miste bøkene mine, og den kjekkeste ROTC studenten kom til meg og hjalp med å plukke dem opp. Det var første gang jeg turte å smile tilbake til en mann så høy og mandig, og når han fulgte etter meg, tok det ikke lang tid før jeg overbeviste meg selv om at jeg var interessert på ekte.

'Han er bare ute etter oppholdstillatelse,' sa faren min når jeg fortalte han det. 'Han vil gifte seg med deg, for så å skille seg sekundet han får det.'

«Men Josh ble med i militæret for å bli statsborger,» ropte jeg desperat. «Han trenger ikke oppholdstillatelse for å bli.»

'Han er en utlending!'

«Hva har det å si?»

'Faren hans er i fengsel!'

«Josh har aldri møtt faren sin! Moren hans kom hit for å komme seg vekk fra han når Josh var to år.»

'Moren hans har tre forskjellige barn med tre forskjellige fedre.'

«Det er ikke hennes skyld at mennene hennes mishandlet henne. Hun skilte seg for å beskytte barna.»

Conchita Padilla var, i mine øyne, en tiger. En enslig mor som, i motsetning til min mor, hadde nektet å stå å se på at hennes barn ble mishandlet. Hvorfor, hvorfor, hadde jeg spurt mine foreldre om råd når jeg visste at de ville si disse grusomme tingene?

'Hvis du gifter deg med han, vil du tilbringe resten av livet ditt som en trofékone.'

Jeg snufset mens jeg løp fortere, skammet meg over at jeg ikke var sterk nok til å stå imot dem når Josh dro på treningsleir. Jeg var ensom, så jeg dro hjem og sa til mine foreldre at jeg var forelsket i en mann som nettopp hadde fullført skolen og blitt med i militæret.

De brydde seg ikke når jeg sa at ingen jobbet hardere enn Josh. Ikke om studiene, hvor han bare fikk femere og seksere; ikke om de andre jobbene han hadde skaffet seg for å kunne kjøpe gullklokken til meg; og ikke rangeringen han hadde fått i ROTC som var billetten hans til universitetet. Når han dro på treningsleir, hadde han stolt skrevet til meg om hvordan, at takket være ROTC treningen, hadde han blitt forfremmet til Fenrik. På en Fenriklønn, hadde han hintet, at han ville tjene nok penger til å forsørge en familie.

Men Josh var ikke her når han dro på grunnleggende opplæring, så jeg hadde trukket meg tilbake i skallet mitt. Når han skrev til meg at han bare hadde 24 timer til å oppklare alt han ville, hadde jeg krøpet tilbake til min familie for råd. Og det var ikke min far hatefulle ord som ga meg kalde føtter, men det var min mor rolige ord som skremte meg:

'Han vil spørre om du vil gifte deg med han slik at du vil vente på han mens han er borte, og når han er tilbake, vil han dumpe deg for noen bedre.'

Lommeuret i hånden min tikket, *'bedre, bedre, bedre.'* Det var aldri et spørsmål om Josh var for god for meg, men min egen dype frykt om at jeg ikke var god nok for han!

Tårene rant nedover kinnene når jeg innså at jeg ikke kom til å rekke det.

«Faen ta deg,» skrek jeg til de usynlige fantasifostrene. «Denne gangen, skulle jeg bestemme min egen skjebne!»

Jeg tok av ryggsekken, pakket med 18 kilo skolebøker, og kastet den i bakken. I det fjerne, kunne jeg se monolitten av granitt som markerte graven til fire soldater fra borgerkrigen. Bakenfor den sto Rådhuset og seremonien som hyllet mennene som var med i det 182 infanteriet i Afghanistan.

Svetten rant nedover ryggen min når jeg kom frem til Merrimack gate og pilte gjennom lysene, ignorerte det faktumet at jeg ikke hadde forkjørsrett. Biler hylte til de stoppet og hornene tutet på meg, men jeg sprang over den siste broen over Merrimack kanalen, desperat etter å rekke Rådhusplassen i tide.

Lowell Rådhus hersket som et eventyrslott glinsende i sola, skåret av granitt i sølv og en blanding av gotisk og romantisk arkitektur. På toppen strålte et sentralt tårn med en enorm klokke med svære svarte visere som viste 11:53. jeg fikk nesten panikk, men klokketårnet var et fullt minutt raskere enn lommeuret. Åtte minutter igjen. Jeg hadde åtte minutter til å finne Josh i live.

Pusten min gikk raskere mens jeg sprang forbi den obeliske og en feminin bronse engel som holdt en seierskrans. Hennes snille egenskaper ga meg håp, signaliserte at målet mitt var nære. Syv minutter. Jeg var nesten der.

Archand veien var strødd med biler. Blokkerte mitt syn var to vanlige olivengrønne busser, de bussene som ville ta min Josh vekk. Jeg snek meg mellom dem, forbi alle menneskene som fylte opp plassen mens ordførerens stemme snakket ut om hvor stolt denne byen var av sine militærmenn. De som var samlet var utenom det vanlige etniske og mange hadde kledd seg finere enn om de hadde vært på uteksamineringen til barna sine.

«Slipp meg forbi!» ropte jeg, likegyldig om oppførselen min eller å slå ned folk. Alt jeg trengte å gjøre var å fortelle Josh at han ikke måtte ta fjellveien, og resten kunne vi finne ut av når han kom tilbake.

En skygge kom foran meg. En feminin hånd dyttet meg i brystet så hardt at jeg ble dyttet bakover og mistet pusten.

«Hva gjør -*du*- her?»

Jeg fanget pusten min og stirret på Josh sin mor. Conchita Padilla sto foran meg, en voldsom tiger, bestemt på å beskytte ungen sin fra den feigingen som hadde tekstet hennes sønn for å si at hun ikke ville se han mer. På hver side av henne stod Josh sine søstre og brødre, hans bestefar og hans kusiner, alle med et fiendtlig blikk.

«J-j-jeg kom for å se han dra.»

«Du er ikke verdig til å se min sønn!»

Jeg trakk meg tilbake, for jeg visste at uansett hvor mye jeg ba, ville ikke Conchita la meg passere. Etter at Josh hadde reist, hadde jeg dratt til moren hans for å spørre hvilken enhet han var tildelt så jeg kunne skrive til han og be om tilgivelse. Conchita Padilla hadde spyttet meg i ansiktet og sagt at, hvis han døde, var det min skyld siden Josh hadde et dødsønske.

«Du hadde rett, du hadde rett,» sutret jeg, det siste blandet med nåtiden.

«Jeg er ikke verdig han. Men hver så snill! Jeg må fortelle han at han ikke må ta fjellveien!»

Jeg fikk aldri et brev igjennom, eller hvis jeg gjorde, hadde Josh gitt instrukser til postmannen om å returnere dem uåpnet. Han var en lidenskapelig, lojal skapning, men Josh var alt for stolt til å krype tilbake til denne tomme bitchen som forrådte han natten før han skulle sendes ut.

Noe i min oppførsel må ha flyttet henne, for Conchita gikk til side, men hun ristet fingeren i ansiktet mitt, hennes brune øyne rasende med beskyldninger.

«Du knuste hjerte hans!»

Jeg nikket, for hva kunne jeg si.

Rådhusklokka begynte å slå time i dype, uhyggelige toner. En klang. To klang.

«Vær så snill!» ropte jeg. «Jeg må fortelle han at han ikke må ta fjellveien!»

Conchita pekte på mennene kledd i grønne uniformer, alle stilt opp med full æresvakt av politimenn fra stasjonen som også var en del av dette. Mange av politimennene var kamp veteraner selv, og det var Josh sitt håp om å en dag bli politimann. Jeg begynte å løpe, likegyldig om det faktumet at jeg løp rett gjennom en linje av politimenn.

«Josh!» jeg vinket febrilsk. «Josue!»

Med håret barbert kort og ansiktet fritt for hår fra grunnleggende opplæring, kjente jeg nesten ikke han igjen stående som nummer tre fra enden. Han nølte, men brøt rekka, ignorerte den bjeffende ordren fra sin overordnede offiser. Han virket større enn før, skuldrene bredere, som om grunnleggende opplæring hadde lært han å bære vekten til hele verden.

Klokketårnet ringte når jeg kastet meg i armene hans, med en hysterisk gråt.

«Ikke ta fjellveien, ikke ta fjellveien,» jeg sutret. «Å kjære gud, Josh! Vær så snill å ikke ta fjellveien eller så vil du ble drept.»

Josh stirret på meg, utrykket var forundret. Jeg fryktet han ville dytte meg vekk, men i stedet lyste han opp i et smil.

«Babe, du kom for å se meg dra?»

Klokketårnet stoppet å slå 12. jeg forventet at verden skulle ende, men Josh var fortsatt i live i armene mine; varm, og like vakker som alltid.

«Jeg er så lei meg,» Jeg tok ansiktet hans. «Jeg elsker deg. Jeg var redd, det var alt, for at du skulle gå fra meg for noen bedre. Jeg skulle aldri ha hørt på foreldrene mine.»

Klokka i hånda mi begynte å kime. Hjerte mitt ble fylt med frykt. Klokketårnet slo ett minutt frem, men når Urðr slo 12, var min time med Josh over.

Josh klemte meg, brystet hans grøsset med følelser. Øynene hans glitret lyse og våte i sola.

«Jeg trodde ikke du ville komme.»

URMAKEREN

Han lente seg for å kysse meg, men når leppene hans traff mine, slo klokka den tolvte kime. Josh bleknet i armene mine. Jeg grep etter han, desperat eller å holde han, desperat etter å inhalere et siste pust i meg, men han var ikke der mer, for det var fortiden og nå var det nåtiden. Menneskene falmet. Ordføreren falmet. De to bussene som hadde tatt han med til et fly og tatt han til et fremmed land for å bli drept i en kamp kjempende i noen andres krig falmet, etterlot meg stående alene på torget med armene strakt ut, grep etter en skygge som hadde vært død i nesten seks uker.

Jeg kastet hodet bakover og hylte, for ingenting hadde endret seg. Alt jeg hadde gjort var å si farvel.

Jeg sjanglet bort til trappen som førte opp til politistasjonen og satt meg på kanten av dem for å gråte. Et par gikk leende forbi meg, damen hadde på seg en kort hvit kjole under vinterjakka og mannen hadde på seg dress, nesten svimle da de gikk inn til Rådhuset for å se fredsdommeren.

En politimann gikk forbi og spurte om alt var bra. Jeg løy og sa jeg skled på isen, for det var ikke lenger den strålende vårdagen når jeg hadde gjemt meg i studenthybelen min som en feiging, men et år senere, den dagen Josh ville ha kommet hjem hvis han ikke hadde blitt drept.

Politimannen hjalp meg opp og advarte meg om å være forsiktig med den svarte isen. Jeg kikket opp på klokketårnet, som nå viste 17:25. Jeg hadde lovet urmakeren jeg skulle komme tilbake før Urőr ble tilbakestilt. Det minste jeg kunne gjøre var å hente Josh sin klokke.

Skuldrene mine sank, jeg trasket tilbake på Merrimack gate, visste med sikkerhet at nå var ikke Nedre Pawtucket kanalbro stengt.

Kapittel 6

Jeg svingte opp et kvartal for å hente ryggsekken min, men den var borte, fjernet for et år siden i dag. Jeg stirret lengselsfullt på bybussen som gled opp til bussholdeplassen, vinduene lyste opp, brakte løfter om varmen og komforten i hybelen min, men jeg hadde en klokke å returnere, og denne gangen, skulle jeg holde løfte mitt.

Jeg stoppet på Nedre Pawtucket kanalbro og stirret ned på det mørke, iskalde vannet som rushet mot en ivrig gjenforening med Concord elven. Jeg vurderte kort å hoppe uti, men det ville være alt for lett å ende smerten min. Josh hadde ikke villet det. Hvis broen ikke hadde vært stengt for ett år siden i dag, hadde jeg kommet meg dit i tide for å forklare hvorfor han ikke skulle ta fjellveien? Hva hvis jeg ikke hadde ødelagt ting mellom oss dagen før han dro? Ville jeg giftet meg med han den dagen, som var det jeg mistenkte at han ville? Selv om jeg hadde giftet meg med han, ville det endret noe?

Isen gled forbi, fanget de siste strålene fra den døende solnedgangen.

Nei. Ingenting ville endret seg. Jeg ble forelsket i en soldat, og når han hadde blitt innkalt, hadde Josh villig dødd, forsvaret landet sitt. Det eneste som hadde endret seg er at Josh hadde skrevet til meg hver dag, på den måten han skrev til meg på grunnleggende opplæring, og han ville nok ha vist meg, som sitt idol Jack Kerouac, han hadde, faktisk, hadde gløden til en poet. Jeg ville fortsatt vært ensom og sørgende, og Herren hadde visst jeg savnet han like mye. Foreldrene mine ville fortalt meg *'se, du har kastet bort livet ditt,'* mens jeg gråt over hvor mye jeg savnet han, men ville jeg, virkelig? Når ingen andre ville fylt skoene hans?

«I det minste fikk jeg fortalt han en siste gang,» fortalte jeg det iskalde vannet. «Og for det, burde jeg være takknemlig.»

Pusten min tåket seg mens jeg gikk tilbake mot smykkebutikken, fortsatt iskald, men fortsatt ikke like kald som jeg var når jeg kom tidligere.

Lowell er et annet sted når bedriftene stenger på kvelden og gatene blir stille, spesielt på vinteren, når bare gatemennesker og småkriminelle blir igjen. Det er en vakker by, bygd langs en rekke av elver og kanaler, men siden tekstilfabrikken flyttet ut, har den også vært ganske fattig. Jeg har alltid unngått byen, trukket meg tilbake til tryggheten av skolen.

Lange skygger nærmet seg truende fra døråpninger. En gammel mann som holdt en brun papirpose spurte om jeg hadde noen småpenger. To småkriminelle gikk forbi meg og slang ord etter meg, begge hadde på seg fargerike jakker like som de ungene tidligere i dag, eller var det i fjor? Bare i går, hadde disse tingene fått meg til å løpe tilbake til hybelen min og gjemt mine frykter i lekser, men i dag, var mitt ønske om å minnes dagen Josh ville ha kommet hjem på ved å få klokka mi fikset, noe som hadde større makt enn frykten min.

En mann iført hette lurte foran Kappy's Copper Kettle baren og blokkerte min vei, jeg stirret på han mens han røyket en ufiltrert røyk. Han stinket øl, selv om det fortsatt var tidlig på kvelden. Han blåste en ring av røyk.

«Hey, babe-» han gjorde en støtende handling ved å ta tak i skrittet sitt. «Trenger du fyr?»

«Hold deg unna-» freste jeg, gjorde skuldrene min store som Josh hadde vist meg for å virke større. «Eller så sparker jeg deg mellom beina.»

Jeg stirret på han til og tok et skritt til siden og lot meg passere. Jeg gikk bevisst, klar til å slå han om han prøvde å ta tak i armen min. Til slutt kom jeg endelig frem til den grasiøse murbygningen med gullbokstavene som sa at det var en etterlevning fra en snillere, mer kultivert tid. Gardinene var trukket for og skiltet viste stengt, men lenger inn, kunne jeg se at det fortsatt var lys på bakrommet.

Jeg banket på, håpet at det ikke var for sent. I det minste, måtte jeg levere Urðr. Hadde alt vært en drøm? Kanskje, for samme mengde tid hadde gått, det var bare et spørsmål om hvilket år jeg hadde kommet til.

En skygge krysset lyset langt inni gullsmedbutikken. Et øyeblikk senere, svingte døren opp og der sto urmakeren, hadde på merkelige briller som hadde flere par monokler som stakk ut samtidig.

«Åh, unge dame, du kom tilbake,» sa urmakeren. «Jeg trodde du ville det. Jeg ringte datteren min og spurte om hun kunne komme litt senere for å hente meg. Du er den andre kunden som har spurt meg om en spesiell tjeneste i dag.»

«Var du ikke redd jeg skulle stjele klokka?»

«Å nei,» sa han. «Klokkene tar vare på seg selv. Jeg bare holder dem i god stand.»

Jeg skled inn døra, gned armene mine for å få tilbake følelsen i dem. Ryggsekken min var borte, sammen med...

«Ringene...»

Å nei! Ringene til Josh var i ryggsekken min! Ryggsekken min ble borte i en annen tid!

«Tingene dine er der-» urmakeren pekte på disken med glassklokkene. «Du har ikke lov til å etterlate deg noen ting, så når man mister noe, dukker det opp her.»

«Hver gang?» spurte jeg.

«Bare noen ganger.» Han blunket med sine blå øyne. «Skjebnen foretrekker at unge damer ikke mister skolebøkene sine. Spesielt ikke tre måneder før uteksamineringen.»

Jeg ga han Urðr og han hinket over for å sette den forsiktig en gang til mellom glassklokkene. Jeg la ikke merke til at det hadde blitt lyst ute, men alle tre klokkene glødet med et indre lys. På en måte, tviler jeg på at det var kvartskrystaller som ga dem lyest sitt, men en annen kraft, som var knyttet til deres mulighet til å bevege seg gjennom tid,

«Hva skal du gjøre med dem når du pensjonerer deg?» spurte jeg.

«De finner en annen som kan passe på dem,» sa han. «De er veldig kresne om hvem de vil hjelpe, og enda mer kresen om hvem de velger å knytte seg til på daglig basis.»

«Kan du bruke dem til å bli udødelig?»

«Hvorfor skal jeg ville gjøre det?» Han pekte på butikken, som nok en gang hadde pensjonssalg. «Jeg har levd et langt liv, med få ting jeg angrer på, og i dette livet eller det neste, skal jeg alltid være omgitt av familien min.»

Tårer fylte seg opp i øynene mine, men det var ikke tårer av sorg, heller ikke av glede, men en annen følelse, kanskje lettelse?

«Får jeg se han igjen?» spurte jeg.

«Fikk du skværet opp dine følelser?»

«Ja,» sa jeg. «Eller jeg tror det.»

«Da får du se han igjen,» sa han. «For han tenkte veldig høyt om deg. Han skrev om det i hver betaling han sendte.»

Urmakeren hentet en bunke med brev pakket inn i en strikk, og ved siden av var klokken min, liggende på den grå firkantede matten.

«Klarte du å fikse den?»

«Ja.» Han satte den på håndleddet mitt. «Det er en merkelig ting hvordan noen ganger en urenhet vil føre girene feil, men hvis du fjerner det, virker klokken helt fint.»

Klokken tikket betryggende på håndleddet mitt. Viserne pekte nå på 18.08, og var ikke lenger fast på 15:57.

«Tusen takk,» sa jeg.

Det var et trykk på døra. Urmakeren så opp og smilte.

«Åh... det må være min siste kunde.» Han pekte på døra. «Kan du være så snill å åpne den for meg?»

Jeg surret med låsen og dro døra innover. Truende med 30 cm over meg sto en slank, mørkhudet mann iført kamuflasjejakke og sivile bukser. Ansiktet var slitent, men øynene hans hadde fortsatt det samme entusiastiske glimte.

«Josh?»

Jeg blunket, og kløp meg selv, sikker på at dette var en misforståelse. Så reagerte jeg og kastet meg i armene hans.

«Josh!!!»

Jeg klemt han og gråt, og kysset han, og gråt og klemte han enda mer til snørret rant ut av nesa mi og på kamuflasjejakka hans.

«Hva er galt, babe?» Josh holdt meg. «Har noe fælt skjedd?»

«Nei, nei, alt er perfekt,» jeg gråt. «Jeg trodde jeg hadde mistet deg?»

«Det tok bare litt tid å finne parkeringsplass, det var bare det,» sa Josh. «Det er lenge siden jeg har kjørt som en sivil så det tok evig lang tid å presse bilen inn i snøkanten. Det vil nok ta seks uker bare å bli vant til å kjøre her igjen.»

Han så på håndleddet mitt.

«Klarte han å fikse den?»

«Fikse hva?»

«Klokken din,» sa Josh. «Du spurte om jeg kunne slippe deg av her så du kunne bytte batteri før butikken stengte.»

Jeg tittet over på urmakeren, som hadde et fornøyd uttrykk som en Cheshire katt. Hvordan kunne han huske to forskjellige tidslinjer, men jeg kunne bare huske den ene?

«Jeg, eh, ja,» stammet jeg. «Det er garanti på den.»

Josh tittet på urmakeren for så å marsjere over for å ta han i hånda. Det var ikke et vanlig håndtrykk, men den type en militærmann gir til en annen.

«Herr. Martyn, sir. Det er godt å se deg igjen.»

«Jeg har passet på den for deg. Akkurat slik du beskrev i brevene,» sa urmakeren. «Du må være glad for å være tilbake i landet med de levende?»

Han skled den lille, svarte boksen inn i Josh sin hånd og ga han et rampete blunk. Josh puttet boksen i lomma.

«Takk for at du sparte den til meg, sir,» sa Josh.

«Takk skal du ha,» sa urmakeren, «for at du gir denne historien en lykkelig slutt.»

Josh tok hånda mi, og førte meg ut av butikken.

«Går det bra, babe? Det ser ut som om du har sett et spøkelse?»

Jeg tok henda mine rundt halsen hans og dro han til meg for å kysse han. Når jeg endelig lot han får litt luft, gikk vi gjennom de mørke gatene mot bilen han hadde lånt av moren sin, med Josh ved min side, var en velvillig by fylt med sjarm.

Hendene hans føltes varme, solide, og ekte, som om alt som hadde skjedd bare var en drøm.

«Jeg må spørre,» sa jeg tilslutt. «Når du var i Afghanistan, tok du fjellveien til Paktika?»

Øynene til Josh mørknet og ble urolige, og i et øyeblikk virket det som om jeg var i besittelse av to forskjellige minner, et hvor Josh hadde dødd, og det andre hvor han hadde skrevet til meg for å si hvor trist han følte det at noen fra Taliban han hadde vært tvunget til å drepe var guttesoldater som ikke var mer enn tretten år.

«Jeg vet ikke hva som fikk meg til å sende en mann opp på åsen,» sa Josh, «men det reddet livene våre. Taliban ventet på å overfalle oss. Hvis ikke utkikksmannen hadde advart oss om å tilkalle luftangrep, hadde vi alle vært dø.

Ikke alle. Bare du...

«Jeg sa du ikke skulle ta fjellveien,» sa jeg.

«Ja, det gjorde du,» Josh hadde et spørrende uttrykk, «men når jeg skrev til deg senere og spurte hvorfor du var så lei deg dagen jeg dro, hevdet du at du ikke hadde noe hukommelse om det. Jeg hadde helt glemt det, til rett før vi skulle ta fjellveien.»

Josh... hadde skrevet til meg? Og jeg... hadde skrevet tilbake? Hva hadde vi skrevet til hverandre i det året han hadde vært borte? Og hvordan skulle jeg være sikker på at jeg ikke forrådte det faktumet at jeg ikke hadde vært der for han i starten, men hadde bare gjort det etter at Skjebnen syntes synd på meg og lot meg prøve igjen?

Ikke meg... han. Skjebnen hadde grepet inn for han.

«Jeg håper du tok vare på brevene mine?

«Selvfølgelig gjorde jeg det,» sa Josh. «Alle 365.»

Han ga meg det million smilet mens han åpnet passasjerdøra for å hjelpe meg inn og minnet meg igjen på at denne andre sjansen jeg hadde fått med han var en gave. Han gikk rundt bilen, skviste seg inn, og sørget for at jeg var spent fast før han startet motoren. Jeg trykket hånda mi mot hans, uvillig i å slippe.

«Hvor skal vi nå?» spurte jeg.

Josh rotet i lomma mens han var i sin egen verden. Jeg visste hvor han ville gå. Til favorittrestauranten vår, hvor han ville gi meg ringen og spørre om jeg ville gifte meg med han. Han ville fylt hodet mitt med dagdrømmer om et stort juni bryllup... hvis det ikke skremte meg for mye å være gift med en mann som hadde fem år igjen i militæret. Han ville vært tålmodig med all min frykt, for han hadde tilgitt meg en gang allerede, og han elsket meg nok til å vente til jeg var uteksaminert.

Bare jeg var ikke en feiging lenger...

Klokka mi kimte seks-tretti.

«Rådhuset er åpent til 19:00 på tirsdager,» sa jeg, «og Fredsdommeren er en veteran. Jeg lurte på om kanskje du hadde villet dra dit og gjøre det nå?»

«Det?» spurte Josh, utrykket hans ble forundret.

«Gifte oss?» sa jeg, stemmen min ble lysere med et håp.

Josh kastet armene rundt meg og, men et svar som var halvveis mellom hikst og latter, sa ja.

~SLUTT~

"Nornene" av H.L.M

Nornene

De norrøne trodde skjebnen var styrt av tre Jotun (kjemper) som kontrollerte skjebnen til guder og mennesker. Disse nornene levde i Urds brønn under Yggdrasil, det store verdenstreet, og er ofte forbundet med Valkyrien. De kontrollerer skjebnen ved å risse runer inn i trestammer, eller i senere tid, ved å veve skjebnen inn i veggtepper.

Urðr, den eldste kjempen, kontrollerer fortiden. Hennes navne betyr «Hva en gang var.»

Verðandi, den mellomste, kontrollerer nåtiden. Hennes navn betyr 'Muligens skjer' eller 'Hva som kommer til å bli.'

Skuld, den yngste av de tre, kontrollerer 'nødvendighet' noe som i Nornenes tradisjon, ikke helt blir oversatt til 'fremtid.' Hennes navn betyr 'Gjeld' eller ' Hva vil komme.'

Nornene tror nødvendighet, ikke skjebne, vil skape fremtiden, og at tid ikke er ufravikelig, men kan noen ganger bli endret via magi eller kraft eller viljestyrke.

Et øyeblikk av din tid, vær så snill...

Likte du å lese denne boka? Hvis du gjorde det, ville jeg vært utrolig takknemlig hvis du kunne gå tilbake til siden hvor du kjøpte den og skrive en liten anmeldelse. Uten reklame budsjett fra et stort forlag, vil de fleste små-trykk bøkene ikke tjene tilbake det det koster å produsere dem med mindre leserne kommuniserer at de likte den. Tusen takk!

Og hvis du ønsker nyheter om nye utgivelser og oversettelser av mine eksisterende bøker, hvorfor ikke melde seg på NYHETSBREV? Jeg lover å ikke sende søppelpost, holde din personlig informasjon privat, og holde det interessant.

Abonner HER:
https://wp.me/P2k4dY-18e

Vær episk!

Forhåndsvisning: Gamle helter

I tidenes morgen, to gamle motstandere kjempet om kontrollen over jorden. En mann reiste seg for å stå på menneskehetens side. En soldat vi husker navnet på den dag i dag...

Engleaktige spesialstyrker oberst Mikhail Mannuki'ili våkner, dødelig skadet, i hans krasjede skip. Kvinnen som redder livet han har en forbløffende evne til å helbrede. Men hvem skjøt Mikhail? Og hvorfor?

Ninsianna har alltid hatt et spesielt forhold med gudinnene. Hun kommer fra en lang rekke med sjamaner og healere. Når hun flykter gjennom ørkenen for å slippe unna tvangsekteskapet til høvdingens nedlatende sønn, er det siste hun forventer er en mann med vinger som faller fra himmelen!

I mellomtiden, i himmelen, statsminister Lucifer, evighetens keisers adopterte sønn, legger en plan for å overstyre hans udødelige fars ønsker.

Det er liv eller død i denne første utgaven av den episke sci-fantasi gjenfortellingen av myten om falne engler, Sverdet fra gudenes saga.

Gamle helter: episode 1x01 (forløper)
Kommer juni 2017

Mer informasjon
HER: http://wp.me/P5T1EY-qf

Om forfatteren

Anna Erishkigal er en advokat som skriver fiksjon under et pseudonym så hennes kollegaer ikke tviler på om hennes juridiske innlegg også er fiksjon. Mye av loven, viser det seg, -er- fiksjon. Advokater foretrekker å kalle det 'ivrig presentering av klienter.'

Å se den mørke underverden i livet gir noe interessante fiktive karakterer. Den typen du enten ønsker å fengsle, eller løpe hjem og skrive om. I fiksjon, kan du bøye fakta uten å bekymre deg om sannheten. I juridiske innlegg, hvis klienten din lyver til deg, ser du dum ut foran dommeren.

I hvert fall i fiksjon, hvis en karakter blir for slitsom, kan du alltids drepe dem.

Ta gjerne kontakt med meg eller gi tilbakemelding på min nettside. Jeg liker å høre fra deg og jeg skriver tilbake!

Vær episk!

Andre bøker

Norske bøker

Urmakeren: en novellette

Kommer snart!!!
"Sverdet fra gudene" saga
(episk fantasi / romopera / romantikk)
Gamle helter: episode 1x01 (forløper)

Flere norske bøker på:
http://wp.me/P5T1EY-qf

Engelske bøker

The Watchmaker: A Novelette
The Caliphate: A Post-Apocalyptic Suspense Novel
The Auction Trilogy: A Modern-Day Jane Eyre

Sword of the Gods saga:
The Chosen One
Prince of Tyre
Agents of Ki
The Dark Lord's Vessel
Archangel (coming soon)

Children of the Fallen series:
Angel of Death: A Love Story
A Gothic Christmas Angel

Made in United States
Orlando, FL
14 November 2023